さんごいろの雲

やえがしなおこ 作
出口春菜 絵

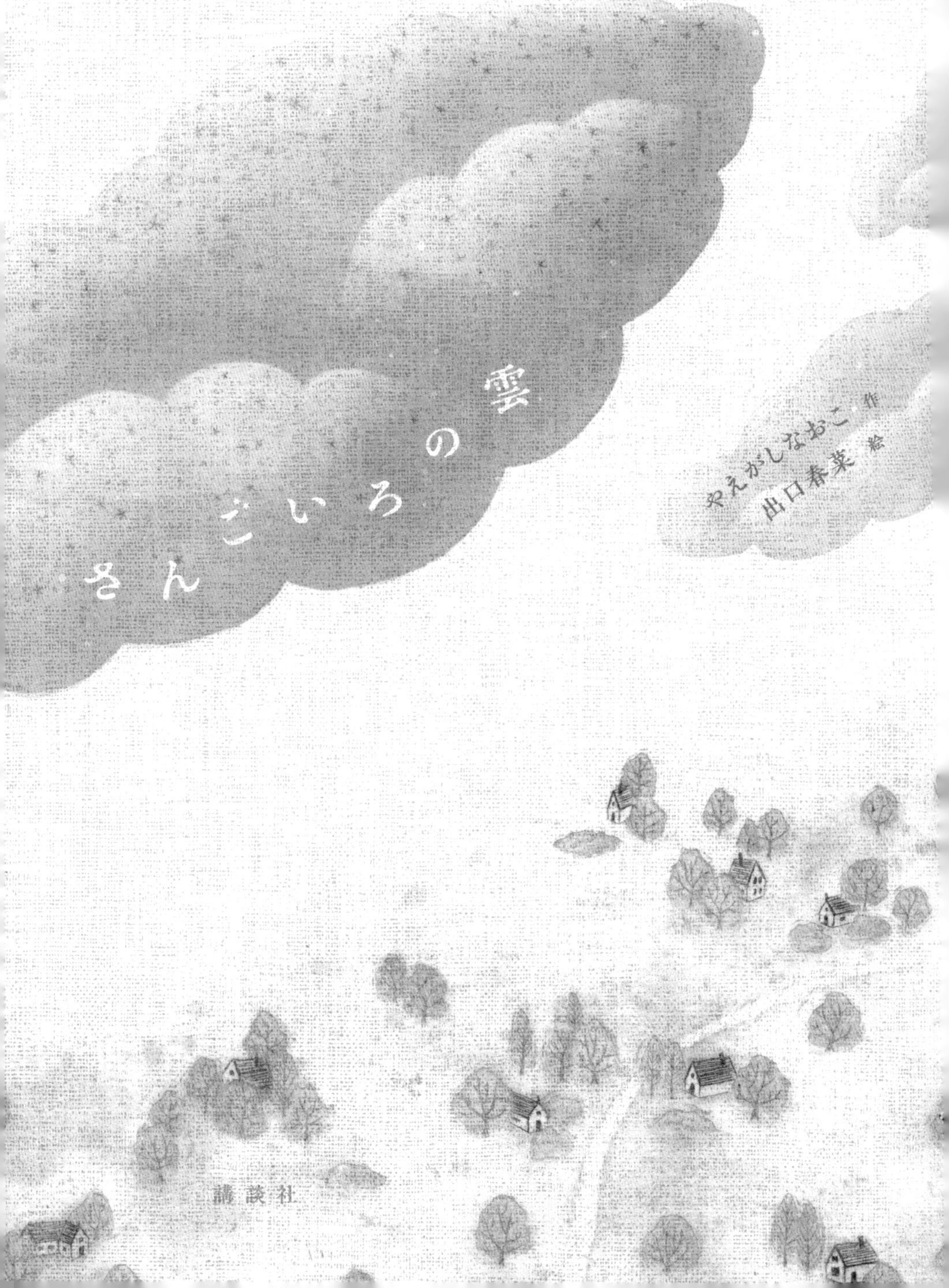

講談社

さんごいろの雲

やえがしなおこ・作

出口春菜・絵

もくじ

すみれの指の魔法《まほう》

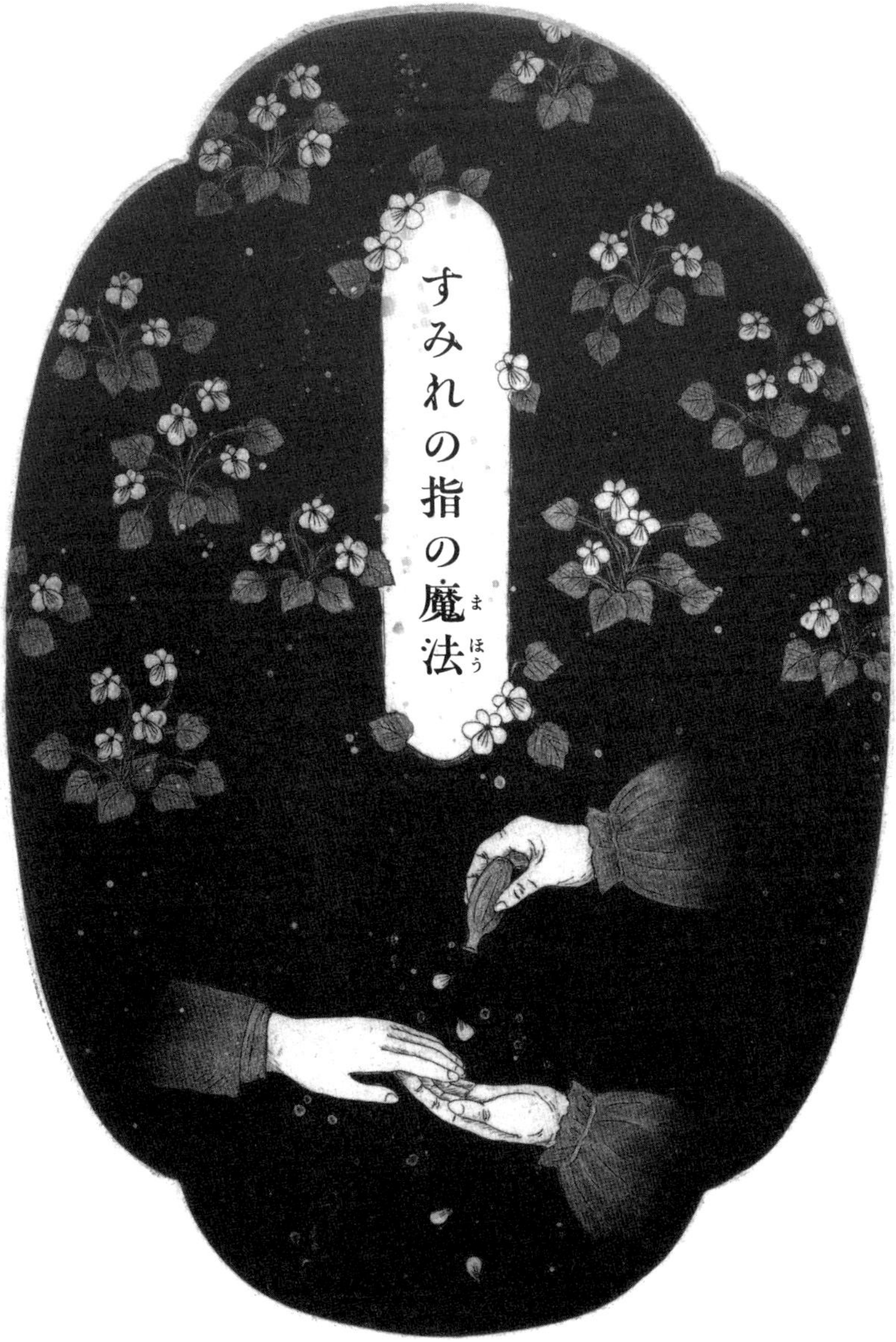

うら通りに、ひとりの若者《わかもの》が住んでいました。

朝になると若者は、いくつもの通りをぬけて階段《かいだん》を上がり、目立たない小さなとびらのむこうに消えていきます。それは、町でも名の知れた、とあるレストランのうら口でした。若者は、そこでコックの服を着て、ジャガイモの皮をむいたりお皿を洗《あら》ったり、夜ふけごろまで休むまもなく働《はたら》くのです。

（いつになったら料理長《りょうりちょう》は、ぼくに料理を作らせてくれるんだろうか）

仕事の手を休め、若者はふと考えます。

けれどもそのレストランには、同じような若者がなん人も働いていましたから、料理をまかされるというような幸運は、なかなかめぐってきませんでした。なんとか料理長の目にとまろうと、わざと目立つような働きをする者もいましたが、若者は、いつもすみっこのほうで働いているだけでした。

ある朝のことです。キッチンは、料理《りょうり》の準備《じゅんび》で大いそがしでした。

「ぼやぼやするな。きょうは予約《よやく》がたくさん入っているんだ」

料理長のどなる声を聞きながら、若者《わかもの》は、山ほどある玉ねぎの皮をむいていました。するとふいに、近くで料理長の声がしたのです。

「お前、きょうのデザートを作ってみないか」

若者は、はっと顔を上げました。けれどもよばれたのは、どうやら自分ではないようです。若者は知らぬふりで、また皮をむきはじめました。料理長とだれかの話し声が、まるで遠い夢《ゆめ》のように聞こえてきます。

「ああ」と、若者はため息をつきました。声をかけられたのは、若者よりもずっとあとから働《はたら》きはじめて、目立つのだけがうまい気どり屋だったのです。

(やっぱり、ぼくはだめだ)

若者は、手のなかの玉ねぎを見つめて考えました。

(みんな、ああして少しずつ料理《りょうり》をまかされていく。そしてぼくだけが、いつまでも見習いのまま。きっとむいてないんだ。料理も、人と働《はたら》くことも)

なにもかもがむなしくなって、若者《わかもの》は急にお店をやめたくなりました。ふと見上げた窓《まど》の外には、青い空が広がっています。

(どこでもいい、遠くへ行って新しい仕事を見つけよう)

若者は、その日のうちにコックの服をぬいで、レストランをあとにしました。

次の朝、わずかな荷物をまとめて家を引きはらうと、若者はとなり町への道を歩きだしました。だれかの荷馬車に乗せてもらったり、ポプラ並木《なみき》を歩いたりしているうちに、あたりはだんだんさみしくなり、やがて山の谷間にたどり着きました。

(道をまちがえたかな)

若者《わかもの》は、とほうにくれて立ちつくしました。いつのまにか日もくれかけて、木々は暗い影《かげ》のなかです。と、そのとき。

「もしもし、あなたさま」

ふりむくと、ひとりの男がかごを背負《しょ》って立っています。

「こんな日ぐれに、どこへむかっておられるのですか？」

低《ひく》い、やさしげな声でした。若者は、ほっと息をつきました。

「となり町へ行こうと思っていたのですが、道に迷《まよ》って、どうしようかと思っていたところです」

「そうですか」

男は、フェルト帽《ぼう》の下から、うかがうように若者の顔を見ていましたが、やがて静《しず》かにいいました。

「町は遠いですし、このあたりには宿もありません。よかったらわたしのところへ来ませんか。いなかの家ですが、旅の方をおとめすること

もありますから」

「それはありがたい。今夜は、とまるあてもなかったんです。遠くへ行こうと、とつぜん家を出たもんですから」

男はだまってうなずくと、先に立って歩きだしました。その足どりは、旅なれた人のように軽《かろ》やかです。若者《わかもの》は、けんめいにそのあとを追いました。

そうして歩いているうちに、とうとう日がしずんでしまいました。かわりにのぼってきた月が、石ころだらけの道を白く照《て》らしています。つづら折《お》りの山道は、だんだんけわしくなっていきます。

いったいどこまで行くのだろうと思っていると、とつぜん、ふわりとやさしい香《かお》りが鼻をつつみました。「あ」と、立ち止まったときには、もう風は通りすぎていました。どうじに男がいいました。

「わたしの村は、もうすぐそこです」

「なんだかいい香《かお》りがしましたね。花の香りですか？」

「あしたになったら、わかりますよ」

男は、帽子《ぼうし》の下で、ちょっとわらったようでした。若者《わかもの》は、ふしぎな気持ちで、また歩きだしました。

やがて、坂を登りきったところに、小さなアーチの門があらわれました。門をくぐると、石だたみの道の両側《りょうがわ》に、石づくりの家が並《なら》んでいます。月あかりの村は、ひっそり静《しず》まり返《かえ》って、人の気配はありません。

男は、つきあたりの家の前でかごを下ろしました。

「着きましたよ。わたしの家です。年とった母がいますが、もう寝《ね》ているでしょう」

若者は、屋根うらの小べやに案内《あんない》されました。小さなベッドのそばには、月の見える窓《まど》があります。男は、水の入ったびんとパンを机《つくえ》に置《お》いて、「ではまたあした」といって、階段《かいだん》を下りていきました。

しばらくぼんやりベッドに腰《こし》かけたあと、若者《わかもの》はふと立ち上がって窓《まど》をあけました。するとまた、ふわりといい香《かお》りがしたのです。

（なんだろう）

目をこらしても、低《ひく》い石がきと、そのむこうの荒《あ》れ地《ち》が見えるばかりです。

ところがあくる朝。もう一度窓をあけて、若者はおどろきました。荒れ地だと思っていたところがいちめん、みどりと濃《こ》いむらさきにつつまれているのです。

（すみれだ、すみれの花だ）

右を見ても、左を見てもすみれの花。まるで、村全体がすみれの花にかこまれているようです。

お皿を並《なら》べるような音がしたので、若者は階段《かいだん》を下りていきました。一階のテーブルにはスープやサラダが並び、きのうの男と、母親らしいおばあさんが行ったり来たりしています。

男の顔を見るなり、若者《わかもの》は思わず「すみれが」、といいかけました。

すると男は、うれしそうにほほえんだのです。

「おどろきましたか。ここはすみれの村ですからね」

朝ごはんを食べながら、男は話してくれました。ここは山のなかの貧《まず》しい村で、畑にできる土地もないこと。かわりに、荒《あ》れ地《ち》に生えたすみれの花で、石けんやお菓子《かし》を作って売りに出ること。

「昔は香水《こうすい》も売ったそうですよ。なん万ものすみれから、たったひとびんできるだけですが、お城《しろ》の奥方《おくがた》が、いい値《ね》で買ってくれたそうです」

それにしても、どうしてこんなにたくさんのすみれがあるのかと、若者はふしぎでした。テーブルに並《なら》ぶスープやサラダにも、すみれの花が散《ち》らしてあります。

「うちの村のすみれは、色も濃《こ》くて、香《かお》りも強いんですよ」

うれしそうに話す男のそばで、おばあさんはにこやかにわらっています。男はいいました。

「母は、生まれつき声が出ないんです。でも、あなたのいうことはわかります。わたしは、きょうから山の羊たちのところへ通いますが、二、三日したらまた町へ出ます。そのときまで、あなたはここでゆっくりなさいませんか？」

若者《わかもの》は、いわれるままに村ですごすことにしました。ぶらぶら通りを歩いたり、すみれの野はらをながめたり。村はいつもしんと静《しず》かで、会うのはお年よりと猫《ねこ》ばかりです。いつしか若者は、ゆったりとした気持ちになっていました。おばあさんの作ってくれる料理《りょうり》も、ジャガイモや豆を煮《に》た、いなか風のごはんでしたが、若者にはとくべつおいしく思えました。

（こんな料理を出すレストランがあるといいな）

若者《わかもの》が、そう思いはじめたころ。

「あした、また町へ出ます。いっしょにまいりましょう」

山から帰った男が、日に焼《や》けた顔でいいました。げんかんの石だんに腰《こし》かけていた若者は、「ええ」とうなずきながら立ち上がりました。そして少しなごり惜《お》しそうに、すみれの野はらを見たのです。

いよいよ出発という朝のこと。おばあさんが、ふいに若者の手をとりました。おどろいて見ていると、おばあさんは持っていた小びんを若者の指にさっとひとふりしたのです。ふわりと、すみれの香《かお》りがしました。おばあさんは、にこにこと若者を見ています。

「すみれの指の魔法《まほう》ですよ」

そばで男がいいました。

「すみれの指の魔法?」

「おまじないです。どの家も、自分たち用にすみれの香水《こうすい》を作って持っているんです。その香《かお》りを指につけると、幸せがめぐってくるといわれています」

「そうですか」

若者《わかもの》は、もう一度指先の香りをかいで、おばあさんに「ありがとう」といいました。

心ばかりの宿代を置《お》いて村を出ると、道はすみれのむらさきにつつまれています。風はやさしい香りを運び、先を行く男のかごは楽しげにゆれています。

（あのかごのなかには、きっとすみれの石けんやお菓子《かし》が入っているんだ）

若者は、歌うような気持ちで考えました。

山道を下り、とちゅうでなん度か休んだあと、男はふいに立ち止まりました。

「ここでお別《わか》れです。あなたは、こっちへ行くのがいいでしょう。大きな町がありますから。わたしは別《べつ》のほうへまいります」

ふたつにわかれた道のひとつを指さして、男がいいました。若者《わかもの》は、なん度もおれいをいって、ひとり歩きだしました。そして、教えられた町に出て、あっと声をあげそうになったのです。そこは、若者が出てきたばかりの町でしたから。

（そういえば、ぼくのことを、あの人はなにも聞かなかった）

（まあいいや）と、思いながら、若者はうら通りに戻《もど》っていきました。

それから数日後には、若者はもう新しい仕事場を見つけていました。前より小さなレストランですが、かんたんな料理《りょうり》をすぐにまかせてもらえました。

若者はけんめいに働《はたら》きました。お店は人手がなくて、毎日、目も回るいそがしさです。家に帰ると水を飲んで、そのまま寝《ね》どこにたおれます。そんなときに若者《わかもの》は、香水《こうすい》をかけてもらったあの指を、そっと鼻先に近づけるのです。すると、ふわりとやさしい香《かお》りがして、まぶたのうらに、いっしゅんむらさきの野はらが広がりました。とたんにつかれがふきとんで、若者はゆったりと、楽しい気持ちになりました。

（すみれの指の魔法《まほう》だ）と、若者は思いました。

すみれの香りは、なん日たっても若者の指から消えませんでした。

そうして、ようやく新しい仕事にもなれたころ。その日はお店が休みでしたので、若者はぶらりと通りを歩いていました。そして、なにげなく見たお店のショーウィンドウの前で、はっと足を止めました。化粧品《けしょうひん》やブラシのそばに、すみれの絵の石けんがひとつ、目立たぬように並《なら》んでいたのです。

（もしかして、あの村の石けんだろうか）

若者《わかもの》は思い切って、お店のとびらを押《お》してみました。すると、チリンチリンと鈴《すず》の音がして、「いらっしゃいませ」という若い女の声がしました。

「なにかご入り用ですか？」

奥《おく》からあらわれたのは、髪《かみ》をうしろですっきりたばねた、おとなしげな娘《むすめ》さんです。

「あの石けんを」

若者は、あわててショーウィンドウを指さしました。

「すみれの石けんですね」

娘さんは、ショーウィンドウの石けんに手をのばしながら、

「これがさいごのひとつです」と、少し残念《ざんねん》そうにいいました。

「この石けんは、どこの？」

いまにも消え入りそうな声でたずねると、娘《むすめ》さんは申しわけなさそうに首をふりました。

「石けんは、父が仕入れたものなんです。父はもうなくなりましたから、どこで仕入れたのか、わたし、わからなくて」

「いいんです」

若者《わかもの》は、あわててポケットから財布《さいふ》を出しました。小銭《こぜに》をてのひらにのせてさしだしたとき。

「あら」と、娘さんがいいました。

「いい香《かお》り……。石けんの」

そうつぶやくのを聞きながら、若者はそそくさとつつみを持ってお店を出ました。胸《むね》がどきどきしていました。

（すみれの花みたいな人だな）

それから若者の足は、しぜんとそのお店へむくようになったのです。

歯ブラシやカミソリの刃《は》や、身のまわりのものをいつもひとつだけ買いました。すみれのようだと思った人とも、だんだん親しく話すようになりました。

「あの石けんの香《かお》り、わたしも大好《だいす》きだったんです。でも、どこで仕入れたかって、たずねられたときはおどろいたわ。わたしも知りたいと思っていたから」

娘《むすめ》さんがそう話すのを聞くと、若者《わかもの》は、あの村のことを、どうしてもうちあけたくなりました。この人なら、きっとそこへ行きたいというにちがいないと思ったのです。

そして、それはそのとおりでした。

「行ってみたいわ、そこへ。なんていう村かしら」

娘さんは、目をかがやかせていいました。けれども若者は、そのとき初《はじ》めて、村の名前を知らないことに気がついたのです。

若者《わかもの》は、あわてて地図を買いに行きました。けれども地図のどこにも、それらしい村はありません。人に聞いても、みんな首をふるばかりです。

さいごに若者は、うろおぼえの道を歩いて、もう一度村をたずねようとしました。ところがどれだけ歩いても、村にたどり着くどころか、男と別《わか》れた場所さえ見つけることができなかったのです。

（いったい、あの村はどこに消えてしまったんだろう）

若者の話を聞いて、娘《むすめ》さんもふしぎそうに首をかしげました。

「まるで幻《まぼろし》の村みたいね」

若者は残念《ざんねん》でなりませんでした。この人といっしょに村をたずねることができれば、どんなにいいだろうと思ったのです。

すみれの村は見つかりませんでしたが、ふたりはときどき、町を散歩《さんぽ》するようになりました。

「いつか、小さなレストランを開くことができたらって思ってるんです」

川ぞいの道を歩きながら、若者《わかもの》は熱心《ねっしん》に話しました。

「いま働《はたら》いているお店もいいけれど、いなかで作っているような料理《りょうり》を、もっと気楽に食べられるお店があったらなあって。だからぼく、こっそり勉強してるんです」

娘《むすめ》さんは、深くうなずきました。けれどもさいごに、ふっと顔をくもらせてこういったのです。

「でも、お店を持つって、なかなかたいへんよ」

それから、しばらくしてからのことです。若者が、いつものように雑貨店《ざっかてん》をたずねていくと、とびらにこんな張《は》り紙《がみ》がありました。

店舗《てんぽ》 売りだし

おどろいてお店に飛《と》びこむと、娘《むすめ》さんは暗い顔で立っていました。

「ごめんなさい。いろいろあって、このお店を売らなければならなくなったの」

「もう、買う人は決まったのですか？」

「いいえ」

「あなたは、どうするのですか？」

「どこか、よその町で働《はたら》くことにします」

若者《わかもの》はなにもいえずに、そのままお店を飛びだしました。頭のなかでは、いろんな思いが、ぐるぐる回りはじめています。

そうしてあてもなく歩いているうちに、若者はいつしか市場の近くまで来ていました。市場には、たくさんのお店が出ています。そのにぎやかさに背《せ》をむけるように、若者はさみしい通りを歩きだしました。すると最初《さいしょ》の角で、ふわりといい香《かお》りがしたのです。若者は、思わず足を止めました。見ると、花売りのおばあさんが、足もとに小さなむらさきの花たばを並《なら》べています。「すみれ」、と若者《わかもの》はつぶやきました。そして、その目をいっぺんにかがやかせたのです。

すみれの花たばを手に、若者は来た道を、かけ戻《もど》っていきました。

お店のとびらを開くなり、若者はいいました。

「ぼくに、この店を売ってくれませんか？」

相手《あいて》のびっくりした顔にもおかまいなしに、若者は荒《あら》い息のままつづけました。

「お店を開くために、お金をためていたんです。いまは足りなくても、少しずつ払《はら》います。それに、もしできるならでいいんですけど……」

そういいながら、若者は手に持っていたすみれの花たばをさしだしました。

「あなたもぼくの店で働《はたら》いてほしいんです。ぼくの奥《おく》さんとして」

少しあと、ふたりの新しいお店が開きました。いなか料理《りょうり》を出す、気楽なレストランでした。お客はだんだん増《ふ》え、夜にはあかりのむこうから、いつもにぎやかな話し声が聞こえるようになりました。

女主人は、くるくると楽しげに働いています。奥では若主人《わかしゅじん》が、次つぎと料理を作っています。さいごのお客が帰ると、ふたりはミント茶を飲みながら、きょうあったできごとを、とりとめもなく話します。

「あなたの魔法《まほう》の指は、もう香《かお》りがしなくなったの？」

ミント茶の湯気につつまれて、ある日奥さんはたずねました。その目はいたずらっぽくわらっています。若い夫《おっと》は、まじめな顔で答えました。

「うん。いつのまにかね。願《ねが》いがかなったから、魔法はもう終わりかもしれない」

「でも、やっぱり行ってみたいわ。すみれの村」

「いつか、行けるよ」

そういいながら若者《わかもの》は、はっと目を見開きました。

（そうだ。あのとき、すみれの花たばを売っていたおばあさん！）

どうしてあのおばあさんに、すみれの村のことを聞かなかったのでしょう。おばあさんは、あの村から来たにちがいないのに。

若者は、ぼんやり考えこんでしまいました。

「どうしたの？」

心配そうな声に、若者はそっと顔を上げました。

「あのね、すみれの村の人たちは、ときどき、花や石けんを売りに町に来ているみたいなんだ」

夫《おっと》のことばに、奥《おく》さんはうなずきました。

「そうね。わたしの父さんも、きっとそんな人から石けんを買ったのね」

「うん。だから、ぼくたちもまた会える。そして会ったら……」

「会ったら？」

「すみれの花をたくさん買って、お店の料理《りょうり》に使いたいな」

「わたしは、お菓子《かし》や石けんを買って、お店で売るわ」

そこでふたりは、思わず顔を見合わせてわらいました。まるであしたにでも、そんな日が来るように思ったからです。そしてほんとうに、すみれの村に行ける日が、きっと近いうちに来る、ふたりはそんな気がしはじめていました。

リルムラルム

リルム　ラルム
みどり色した　ふしぎな　うさぎ
五月の　森の
木の　かげで
おどる　すがたは
かげぼうし

小さな弟の手をひいて、女の子は歩いていました。きんぽうげの咲《さ》くいなか道、空ではひばりが、チルリリリと鳴いています。

やがて、レンガづくりのどっしりした農家があらわれ、女の子はうら口の戸をたたきました。トントン、トントン、トントン。三度目に、ふきげんそうな男が顔を出し、女の子はおそるおそるたずねました。

「あの、奥《おく》さんはおるすですか？」

「いないよ」

女の子はしかたなく、ぺこりと頭を下げて帰ろうとしました。

するとうしろで、男の人のたずねる声がしたのです。

「森のそばの家の子だな」

ふりかえってうなずくと、男の人はじろりとふたりを見ています。

「おやじさんが、なくなったそうだな。母親はどうしてる？」

「おとなりの農家へ手伝《てつだ》いに行っています」

「ふん、あの、牛を飼《か》ってるとこだな」

男の人は、もう用はすんだとばかりに手をふりました。

「うちのかみさんに用なら、また別《べつ》の日においで」

女の子は、弟の手をひいて、とぼとぼと歩きだしました。

きんぽうげの花のあいだを、道はくねくねとつづいています。

しばらくして、弟がふいに足を止めました。

「姉ちゃん、おなかがすいたよ」

女の子は、すまなそうに弟の顔を見ました。

「ごめんね。あそこの奥《おく》さんがいたらよかったんだけど」

「パンくれる人、いなかったんだね」

「そうよ。いつもは、赤《あか》ん坊《ぼう》のめんどうを見て、パンをわけてもらうんだけど」

そういいながら女の子は、遠くにぼんやり目をやりました。野はらのはしは、うすみどりの森でレースのようにふちどられています。

「おうちに帰るの？」

「そうねえ」

家に帰っても、戸だなにはパンひとつありません。女の子は、まゆをよせて考えるようにしていましたが、ふとこんなことをいったのです。

「野いちごをとりに行こうか」

「あるとこ、知ってるの？」

「たぶんね」

ふたりは、早足で野はらのほうへ入っていきました。

五月の野はらはまぶしいお日さまの光でいっぱいです。

大きなかばの木の下まで来て、小さな姉と弟は、ふと足を止めました。木の上で、ふいにかっこうが鳴きだしたのです。

かっこう　かっこう　かっこう

ふたりは立ち止まって、しばらくその声を聞いていました。

「なん回鳴いた？」

「もう十ぺんは鳴いてるよ」

そんな話をしながら、女の子は、はっと地面を見たのです。そこはたしかに野いちごのしげみでしたが、いちごはまだ白い花のままでした。

「どうしたの?」

女の子は、なんでもないというふうに首をふりましたが、心のなかでは、(さあ、こまった)と思ったのです。

「野いちごのあるとこ、まだ?」

「そうねえ」

女の子が、ぐるりと野はらを見わたしたときです。

どこかから、かすかな歌声が聞こえてきました。

リルム　ラルム
あまい　野いちご
ひみつの　いちご

ふたりは、びっくりしてそっちを見ました。歌は、うすみどりの森のほうから、ふたりをさそうように聞こえてきます。

「野いちごって、いってるよ」

「うん。でもだれかしら」

「行ってみようよ」

女の子は、不安《ふあん》そうに森を見つめました。「ひとりで森へ行ってはいけない」と、父さんにいわれたことを思いだしたからです。

父さんは、いいました。

「あそこには、いろんな者たちがいるからね。ちっさい子は、みんなどっかへ連《つ》れていかれるんだ」

「いろんな者たちって、だれ？」

まだ小さかった女の子は聞きましたが、父さんはわらって答えてくれませんでした。――その父さんも、もういません。

リルム　ラルム
あまい　野いちご
ひみつの　いちご

「きっと、いちごがたくさんあるんだよ」

弟は、待ちきれずに歩きだしました。女の子も、しかたなしにそのあとを追いました。

それはあかるいぶなの森で、芽《め》ぶいたばかりのやわらかな葉っぱが、エメラルドのようにかがやいています。ふたりは、さっきの歌が聞こえなくなったことにも気づかず、しばらくうっとりと歩いていました。

するととつぜん、小さな丸い空き地に出たのです。

「いちごだ！」

弟がさけびました。女の子は、ぽかんと口をあけて前を見ました。そこには、赤や黄色のいちごが数え切れないほどたくさん、まるでいっせいにあかりをともしたように実っていたのです。

（さっきの野いちごは、まだ花のままだったのに……）

女の子は、ふしぎに思いましたが、弟といっしょにしげみに入ると、たちまち、いちごつみに夢中《むちゅう》になってしまいました。

「ああ、もう、おなかいっぱい」

しばらくして、口のまわりをまっ赤にそめて弟がいいました。女の子はわらいながら、エプロンのはしで弟の口をふいてやりました。そしてふと、すぐそこに白いすずらんが咲《さ》いているのに気がついたのです。

「いいもの、作ってあげる」

女の子は飛《と》ぶようにかけていって、すずらんの花をつみました。そして上手に花輪《はなわ》を作りました。それを弟の頭にのせてやり、もうひとつ作って自分の頭にものせました。

「王さまみたいだ。姉ちゃんは女王さま」

すずらんの香《かお》りのなかで、弟がうれしそうにわらったときです。

森の奥《おく》から、またふしぎな歌声が聞こえてきました。

リルム　ラルム
王さまと　女王さま
王さまと　女王さま

はっと見ると、あちらこちらの木のかげで、ちらちらと動くものがあります。そしてそのものたちは、だんだんこちらに近づいてくるのです。
「うさぎだ！」
弟がさけびました。
女の子も目を見はりました。ほんとうに、それはたくさんのうさぎたちで、そしてどれも、森の葉っぱと同じみどり色をしていたのです。

うさぎたちは、うしろ足で立ち、おかしなぐあいにぴょんぴょんとはねながら歌っています。

リルム　ラルム
王さまと　女王さま
王さまと　女王さま

いつのまにか、うさぎたちはぐるりとふたりをとりかこんでいました。そして、もっとふしぎなことには、ふたりはいつのまにか、頭に真《しん》珠《じゅ》の王冠《おうかん》をいただき、美しい金のししゅうの服を着ていたのです。女の子は、胸《むね》がどきどきしてきました。

うさぎたちは、ふたりのまわりで、足どり軽くおどっています。

子どもたちも、うさぎといっしょにはねました。するとうさぎたちはよろこんで、ますます高く飛《と》びはねました。そのすがたは、まるでみどりの森がゆれているようです。

リルムラルムとおどりながら、うさぎたちはだんだん森の奥《おく》へと進んでいきます。ふたりの子どもも、うさぎといっしょに進んでいきました。

リルム　ラルム
とこしえの　みどりの　国から
おむかえに

おどりながら、女の子はちらりと弟のすがたを見ました。弟は、もうりっぱな小さな王さまで、その顔は美しくかがやいています。
（うさぎたちの王さま！）

女の子は、ほこらしい気持ちで弟を見つめました。そして、長いドレスのすそをひらりとひるがえしておどりました。

(わたしたち、うさぎの国に行くんだ)

そのときです。

——あそこには、いろんな者たちがいるからね。

父さんのことばが、ふと、まるで空から落ちてきたかのように、とつぜん女の子の頭にうかんだのです。

風がざあっとふいて、みどりの葉っぱをゆらし、女の子ははっと立ち止まりました。そこらはいちめん、きらめく海の底《そこ》のよう。その光のなかを、弟はうさぎたちといっしょに進んでいきます。その横顔は、なんだか少し青ざめています。

——ちっさい子は、

女の子は、父さんのことばをまた思いだしました。

――みんなどっかへ連《つ》れていかれるんだ。

女の子は、うさぎたちのあいだで、小さくゆれる弟の冠《かんむり》を見ました。「あ、あ、あ」と思ううちに、そのすがたは、みるみる遠ざかっていきます。

リルム　ラルム
とこしえの　みどりの　国から
おむかえに

「だめよ！」

女の子は、大声でさけびました。

とたんに、そこらじゅうの葉っぱがざあっとゆれて、それから森は一度にしんとなりました。女の子は魔法《まほう》にかかったように立ちつくしまし

た。やがて遠くから、のんびりとした、聞きおぼえのある鳴き声がひびいてきたのです。

かっこう　かっこう　かっこう

女の子は、はっと前を見ました。さっきまで飛《と》びはねていたうさぎたちはもういません。灰色《はいいろ》の木の幹《みき》が、若葉《わかば》の下に並《なら》んでいるばかりです。

（みんな、消えた！）

女の子は、夢中《むちゅう》で弟をさがしました。すると、みどりの森の底《そこ》に、とり残《のこ》されたようにぽつんと立っている小さな弟のすがたが見えたのです。

女の子はかけていって、その手をしっかりとつかみました。そしておどろいて泣《な》きだした弟を、こんどはそっとだきしめました。王冠《おうかん》はすずらんの花輪《はなわ》に、金のししゅうの服は、着古した茶色い子ども服に戻《もど》っています。

かっこう　かっこう　かっこう

遠くで、またかっこうの鳴き声がしました。

ふたりのまわりでは、みどりの木もれ日が、ちらちら、ちらちらとゆれています。

弟は、まだ泣《な》きつづけています。女の子は、どきどきする自分の胸《むね》をおさえて、できるだけやさしくいいました。

「ほら、かっこうが鳴いてるよ。帰ろうね。母さんもすぐ帰ってくる」

そういいながらも女の子は、もうどうしようもなく悲しくて、弟の小さなからだをだいたまま、いつまでも、木もれ日のなかで立ちつくしていました。

さんごいろの雲

えのころ草《ぐさ》のあいだを、あまい香《かお》りの風がふく夕ぐれでした。

ひとりの若《わか》いバイオリンひきが、村はずれの丘《おか》の上で、夕やけの空をながめていました。空には、七色の絵の具を流したような、美しい雲がかかっています。

——きれいだなあ。あそこへ行ってみたいなあ。

バイオリンひきは、古びたケースからバイオリンをとりだして、静《しず》かに曲をかなではじめました。そのしらべは風にのって、遠い空まで流れていったのです。

「バイオリンひきさん」

だれかのよぶ声に、若者は手を止めました。

「ここですよ。空の上ですよ」

「ああ」と、バイオリンひきは空を見上げました。そしてそこに、さんごいろの小さな雲を見つけたのです。雲はいいました。

「いい曲でしたね。わたしたちのためにひいてくれたのですか？」

バイオリンひきは、うなずきました。

「あなたたちが、あんまりきれいだったから」

「それはありがとう」

雲はおれいをいい、バイオリンひきは、まるで夢《ゆめ》でも見ているようにぼうっとなりました。雲は話しつづけました。

「でも、あなたの曲は、もっとすばらしかったですよ。おれいに、そのバイオリンに、魔法《まほう》をかけてあげましょう。あなたがバイオリンをひくたびに、悲しんでいる人たちの小さな願《ねが》いがかなうように。でも決して、欲深《よくぶか》い人のためにバイオリンをひいてはいけませんよ」

雲のことばは、バイオリンひきの頭のなかで美しくひびきました。

「さあ、もう行く時間です。わたしのことばをわすれないで」

そういいながら、雲はしだいに色を失《うしな》って、黒い影《かげ》のようになりました。お日さまはしずんで、東の空には、さとう菓子《がし》のような星が光っています。

「さようなら――」

気がつくと、丘《おか》はもう、あい色の星空につつまれていました。足もとでは、やせた赤犬が、心配そうに主人の顔を見上げています。この犬は、旅のバイオリンひきの、たったひとりの道連《みちづ》れでした。

「こんやは、屋根のあるところで眠《ねむ》りたいねえ」

バイオリンひきは、友だちの背《せ》なかをやさしくなでていいました。大きな町を出てから、もうなん日、野はらや干《ほ》し草《くさ》小屋でねむったことでしょう。

バイオリンひきは、丘を下りて、畑の一本道を進みました。するとむこうに、小さなあかりがひとつ見えます。

――やあ、たすかった。とめてもらえるか聞いてみよう。

バイオリンひきは、土かべの、貧《まず》しげな家の戸をたたきました。とびらをあけたのは、がっしりとした太いうでの農夫《のうふ》です。口をかたくむすんだまま、じっとバイオリンひきを見ています。

「こんばんは。旅のバイオリンひきです。ひと晩《ばん》とめていただけませんか？」

農夫は、まゆをひそめて答えました。

「わたしたちのところには、食べるものがろくにないんです」

「寝《ね》かせてもらうだけでいいのです。おれいにバイオリンをお聞かせします」

そのとき、うしろで声がしました。

「父ちゃん、バイオリンだよ。お祭りの日に聞くバイオリンだよ。ぼく、聞きたいなあ」

農夫は、子どもの声に、少しわらったようでした。けれどもその顔は、やっぱりどこか悲しげでした。

「お入りなさい。このあたりは畑ばかりで、とまるところもないでしょう」

「ありがとうございます」

バイオリンひきは犬をつれて、なかに入っていきました。

テーブルには、おかゆの皿が並《なら》んでいて、その前に小さな男の子が座《すわ》っています。男の子は、バイオリンひきを見て、にっこりわらいました。

「さあ、あんたもめしあがって」

母親が、新しい皿を運んできました。皿のなかみは、うすい麦のおかゆです。

「ことしは、畑に病気が出て、野菜《やさい》がみんなだめになりました。やっととれた麦も、おおかた、だんなどのに持っていかれますから」

「あの犬にもごはんがいるよ」

男の子が、戸のそばで丸くなっている犬を指さしていいました。

「ぼっちゃん」

バイオリンひきはいいました。

「あいつには、わたしの分をわけますよ。それより食事のあいだ、一曲お聞かせしましょう」

バイオリンひきが弓をあてると、バイオリンは美しい音で歌いだしました。曲はだんだん速く、楽しくなっていきます。男の子はダンスのように足をふみならし、おとなたちは、おなかがすいているのをわすれて耳をかたむけました。

そのときです。テーブルの上が、ぽっとあかるくなったかと思うと、いつのまにかそこに、小さなろうそくがともっていました。ろうそくの下には、赤いテーブルクロスもかかっています。そしてそのテーブルクロスには、山もりのパンがお皿にのっていたのです。

「魔法《まほう》だ！　魔法だ！」

男の子が、両手をばんざいのようにあげてさけび、夫婦《ふうふ》は、ぽかんとテーブルをながめました。そのあいだにも、バイオリンひきは休まずバイオリンをひきつづけ、テーブルの上には、やいたお肉や卵《たまご》、りんごやお菓子《かし》、おいしそうなものがどっさりあらわれました。

「すごい。おじさん、魔法つかいなの？」

男の子は、目を大きく開いてたずねました。バイオリンひきは、いっぱいになったテーブルを、やっぱりおどろいた目で見ながらいいました。

「いいえ、ぼっちゃん。わたしじゃなくて、このバイオリンにふしぎな力があるんです。それは、さんごいろの雲が、わたしにくれたおくりものなんです」

「さんごいろの雲？　雲がおくりものをしてくれるの？」

「ええ、きょうの夕方、わたしがひいた曲のおれいに、雲がバイオリンに魔法《まほう》をかけてくれたんです」

「じゃ、バイオリンをひくと、ごちそうが飛《と》びだすの？」

「いいえ。このバイオリンをひくと、だれかの小さな願《ねが》いがかなうのです」

「ああ」と、父親が、心からおどろいたふうに声をあげました。

「こんなごちそうは、わたしたちの願っている以上《いじょう》のものです。でも、なんだか元気が出てきましたよ。あしたから、キャベツの種《たね》をまきましょう。新しい畑も作りましょう」

「父ちゃん、早く食べないと、ごちそうが消えちゃうよ」

男の子がいいました。それからこの家の人たちは、どんなに楽しいときをすごしたことでしょう。窓《まど》からもれるわらい声は、男の子のまぶたが半分とじてしまうまでつづいたのです。

次の日、バイオリンひきと犬は、しらかばの並木道《なみきみち》を、ゆかいにどしどし歩いていました。道は麦畑を通って、となりの町につづいています。バイオリンひきは、ひばりの声を聞きながら歩きつづけました。そしてまもなく、小さな町に着いたのです。

町の通りは静《しず》かで、人のすがたはありません。バイオリンひきは、しょんぼりと腰《こし》かけているおじいさんにたずねました。

「もしもし、この町に人の集まる市場はありませんか?」

「市場かい? ここをまっすぐ行ったところに広場があって、前は土曜に市がたったけれど、いまはないねえ。若《わか》い者は、みんな兵隊《へいたい》に行って、この町は年よりばかりになったからね」

おじいさんは、それだけいって、またうつむいてしまいました。

バイオリンひきは歩きだしました。そしてすぐに、おじいさんのいう広場に着いたのです。広場には、やっぱり人のすがたがありません。一本のしなの木が、さみしく立っているだけです。その木の下でバイオリンをひきはじめると、しなの花は、幸せそうにさやさやとゆれて、すばらしくいい香《かお》りをただよわせました。お日さまは、いつのまにか西にかたむいています。バイオリンひきは、ため息をつきました。

「やれやれ、さみしい町だな。どこか、とめてくれる家があるだろうか」

見るとむこうに、小さな木の家があります。窓《まど》わくには、葉っぱのもようが美しくほりこまれています。バイオリンひきは、その窓にさそわれるように行って戸をたたきました。

とびらをあけたのは、まっ白な髪《かみ》の上品なおばあさんです。

「こんばんは。旅のバイオリンひきです。ひと晩《ばん》、とめていただけないでしょうか」

おばあさんは、バイオリンひきと犬をこうごにながめました。

「いいでしょう。わたしは、音楽も犬も大好《だいす》きですよ」

バイオリンひきは、おれいをいってなかに入りました。おばあさんの家は、小さいけれど、きれいにかたづいています。たんすの上には、一まいの写真がかざってあります。

おばあさんは、静《しず》かにいいました。

「むすこです。大工をしていたけれど、ずいぶん前に、兵隊《へいたい》に行ったまま帰りません」

「たよりはないのですか？」

「五年前にもらったのがさいごです」

バイオリンひきは、あの美しい窓《まど》を作ったのは、むすこさんなのだと思いながら、だまって写真を見つめました。写真のなかの若者《わかもの》は、やさしい目でわらっています。

その晩《ばん》、バイオリンひきは、とびきり美しい曲をひきました。おばあさんはいすに腰《こし》かけて、じっと目をとじています。バイオリンひきも、弓をすべらせながら目をとじました。そしてもう一度目をあけたとき、そこは、いつのまにか小さな庭になっていたのです。庭はみどりと花でいっぱいでした。まんなかに手作りの小屋があり、そばに一本のりんごの木がうえられていました。その木の下に、ひとりの若者が立っています。よく見ると、それは写真で見た、おばあさんのむすこなのでした。

「お母さん」

若者の声に、おばあさんは目をあけて、おどろいたように立ち上がりました。バイオリンひきは、けんめいに曲をひきつづけました。若者は、ゆっくりとこちらに歩いてきます。そして、持っていたりんごを、

おばあさんの手にそっとにぎらせました。

「もう少し、もう少し待ってください。いまにきっと会えるから」

おばあさんがうなずくのを、バイオリンひきは、かたほうの目でちらと見たのです。

曲が終わると、庭も、若者《わかもの》も消えました。おばあさんは、胸《むね》にりんごをだいたまま、部屋のなかに立っています。

「おばあさん」

バイオリンひきがよぶと、おばあさんは目をかがやかせていいました。

「ああ、バイオリンひきさん、わたし、むすこを見ましたの。わたしたち、もう少しで会えるんですよ」

おばあさんの目に、なみだがうかびました。

「あなたのバイオリンが、あの子に会わせてくれたのですね」

バイオリンひきは、静《しず》かに答えました。

「さんごいろの雲が、バイオリンに魔法《まほう》をかけてくれたんです。悲しんでいる人の、小さな願《ねが》いがかなうように」

おばあさんは、胸《むね》のなかのりんごを、いっそう強くだきしめました。


バイオリンひきは旅をつづけました。さみしい山の村や、にぎやかな商人の町……。バイオリンひきが曲をひくたびに、ふしぎなことがおこるので、うわさは少しずつ広まりました。

城壁《じょうへき》のある、りっぱな町に着いたときのことです。

「そこのバイオリンひき！」

黒い銃《じゅう》を持った兵隊《へいたい》が、バイオリンひきをよびとめました。

「長官《ちょうかん》どのがおよびだ。ついてこい」

バイオリンひきは、石づくりのやしきに連《つ》れていかれ、犬は門の外にほうりだされました。バイオリンひきが待っていると、となりの部屋から、こんな声が聞こえてきます。

「あのきたない身なりの者は、なんですの？」

それは、長官《ちょうかん》の奥《おく》さんらしい人の声でした。

「バイオリンひきだ。あいつがバイオリンをひくと、だれでも願《ねが》いがかなうそうだ」

「まあ。うわさでは聞いたけれど、ほんとうかしら」

「そいつをたしかめるんだ。もしほんとうなら、おれはおれの願いをかなえるぞ。国じゅうの者が、ねずみ一匹《びき》にいたるまで、おれの命令《めいれい》を聞くようにな」

「そんな願いは、もうかなっているじゃありませんか。それより、きれいな宝石《ほうせき》でも願ったらどうです？」

そんな話のあとに、とつぜん戸があいて、金ボタンの服の男があらわ

れました。男は、ばかにしたようにバイオリンひきをじろじろ見てから
いいました。

「おい、バイオリンひき、いまここで一曲ひいてみろ」

バイオリンひきは、だまって目をふせました。

「おい、おれのいうことが聞こえないのか。バイオリンをひくんだ！」

けれどもバイオリンひきは、いうことを聞こうとしませんでした。こ
んな声でどなる人のために、バイオリンをひく気には、とてもならな
かったのです。

バイオリンひきがだまったままなので、長官《ちょうかん》はますます顔を赤くしま
した。

「いうことを聞かないやつは、むほん人《にん》だ。人をまどわす魔法《まほう》つかい
め！」

バイオリンひきは、ろうやに入れられました。バイオリンは取り上げ

られて、どこかにすてられてしまいました。そして一週間後に、おそろしい刑《けい》をうけることが決まったのです。

その日が来ると、うわさを聞いた人たちが、あちこちの村や町からやってきました。バイオリンひきは、兵隊《へいたい》にかこまれて、静《しず》かに丘《おか》を登っていきます。お日さまは、西の空から、ななめに丘を照《て》らしていました。

一行が、いよいよその場所に着いたときのことです。やせた赤犬が、火花のようにすばやく飛《と》びだしてきました。

「バイオリンひきの犬だ！」

だれかがさけび、見物のむれが、きゅうにさわがしくなりました。犬は、バイオリンの入ったケースをくわえています。

「バイオリンをひかせてやれ！」

だれかがさけびました。

「そうだ、そうだ」

「ひかせてあげて！」

子どもも年よりも、口ぐちにさけびました。そのなかには、あの農夫《のうふ》の小さな男の子や、むすこを待っているおばあさんもいたのです。

そしてとうとう、バイオリンがわたされました。バイオリンひきは、少し息をついてから、静《しず》かに曲をひきはじめました。まるで水の流れるような、美しい曲でした。夕日をうつしている、あの空のようだと、だれもが思ったとき……。

一そうの舟《ふね》が、とつぜん空にあらわれました。だれも乗っていない、ふしぎな舟でした。舟は海をわたるように、静かに丘《おか》にむかってきます。バイオリンの音にひかれるように、まっすぐこっちへやってくるのです。みんなは、あっと思って空をあおぎました。兵隊《へいたい》たちも、銃《じゅう》をななめにかまえたまま、じっと空を見つめました。じっさい、丘にいるだれもが、少しのあいだ、まったく動けなくなってしまったのです。

バイオリンの音は鳴りつづけています。舟《ふね》は、いつのまにかバイオリンひきと犬を乗せて、西の空へ進んでいました。その先には、さんごいろの雲が、美しい島のようにうかんでいます。

バイオリンの音は、だんだん遠くなりました。そしてとうとう聞こえなくなりました。

——ああ、バイオリンの音。

空にさんごいろの雲がうかぶ夕ぐれ、だれかが、ふっと足を止めたとしたら、それはあのバイオリンひきのかなでる音を聞いたのです。そしてその音を聞いた者は、きっと願《ねが》いがかなうと、いつのころからか、そう信《しん》じられるようになりました。

王さまと虹《にじ》

北のほうに、小さな国がありました。静《しず》かな港と、もも色の街《まち》なみと、それ以外《いがい》はなんにもないような国でしたが、海では真珠《しんじゅ》がとれましたし、高台には美しい王宮もありました。

よそから来た人たちは、その王宮を見て、こんなふうにいいました。

「なんて美しいお城《しろ》だろう」

「あの城に住んでいる王さまは、なんて幸せなんだろう」

けれども若《わか》い王さまは、ちっとも幸せではなかったのです。

灰色《はいいろ》のマントを着て、王さまは、日ごと街をさまよいました。家来のだれも、それを止めることはできませんでした。背《せ》なかを丸め、ひっそりと歩くそのすがたは、まるで世すて人のようでした。

「ああ、また王さまだよ」

「お気のどくに」

「悲しそうなお顔をして！」

街《まち》の人たちは、王さまに気づくと、遠くでそっとささやきあうのです。

「パレードの日に見た、あの晴れやかなおすがたとは、なんというちがいだろう」

「ご結婚《けっこん》の日は、あんなにお幸せそうだったのに」

「胸《むね》には、勲章《くんしょう》を光らせて」

「お顔も、りっぱに晴れ晴れと」

「そして、おとなりのお妃《きさき》さまの、きれいだったこと！」

ほんとうに王さまは、海のように深い悲しみをいだいていたのです。

街の通りには、しゃれたお店がいくつも看板《かんばん》を下げていましたが、王さまはただ、うつろな目をして歩くだけでした。そしてときどき、お菓《か》子《し》や帽子《ぼうし》の並《なら》ぶショーウィンドウの前で立ち止まって、こんなふうにつぶやくのです。

「チョコレートボンボンやしょうがパイ……。あの人は、こんな小さなお菓子《かし》が大好《だいす》きだった」

「くじゃくの羽根つき帽子《ぼうし》……。ああ、あの人にぴったりじゃないか」


空いっぱいに、厚《あつ》い雲がたれこめる日でした。

いつものように通りをぬけて、王さまは街《まち》はずれまでやってきました。長い坂を登った先には、王宮の金色の門が見えています。足先をそちらにむけようとして、王さまはふと耳をすましました。チイピリリという美しいさえずりが、すぐそこのこずえから聞こえてきたのです。

王さまは、のびあがって目をこらしました。こずえで鳴いているのは、胸《むね》の赤い小さな鳥です。小鳥はひとしきり鳴き終えると、王さまの足もとに飛《と》びおりて、あいさつでもするように、ことんと頭をふりました。王さまは、かすかにほほえみました。こずえのみどりが、王さまと小鳥の上でやさしくゆれています。

郵 便 は が き

料金受取人払郵便

小石川局承認

1108

差出有効期間
2024年7月31
日まで
（切手不要）

112-8731

東京都文京区音羽二丁目
十二番二十一号

講談社
児童図書編集 行

愛読者カード 今後の出版企画の参考にいたしたく存じます。ご記入の上ご投函くださいますようお願いいたします。

お名前

ご購入された書店名

電話番号

メールアドレス

お答えを小社の広告等に用いさせていただいてよろしいでしょうか？
いずれかに○をつけてください。 〈YES NO 匿名ならYES〉

TY 000049-2205

この本の書名を
お書きください。

あなたの年齢	歳	小学校　　年生	中学校　　年生		
		高校　　年生	大学　　年生		

●この本をお買いになったのは、どなたですか？

1. 本人　2. 父母　3. 祖父母　4. その他（　　　　　　　　　　　　　　　　　　　　）

●この本をどこで購入されましたか？

1. 書店　2. amazon などのネット書店

●この本をお求めになったきっかけは？（いくつでも結構です）

1. 書店で実物を見て　2. 友人・知人からすすめられて
3. 図書館や学校で借りて気に入って　4. 新聞・雑誌・テレビの紹介
5. SNS での紹介記事を見て　6. ウェブサイトでの告知を見て
7. カバーのイラストや絵が好きだから　8. 作者やシリーズのファンだから
9. 著名人がすすめたから　10. その他（　　　　　　　　　　　　　　　　　　　　）

●電子書籍を購入・利用することはありますか？

1. ひんぱんに購入する　2. 数回購入したことがある
3. ほとんど購入しない　4. ネットでの読み放題で電子書籍を読んだことがある

●最近おもしろかった本・まんが・ゲーム・映画・ドラマがあれば、教えてください。

★この本の感想や作者へのメッセージなどをお願いいたします。

（世界じゅうのなによりも）と、王さまは思いました。
（あの人は鳥が好《す》きだった。どんなにおいしいお菓子《かし》よりも、どんなにきれいな帽子《ぼうし》よりも）

けれども小鳥は、まもなくついと飛《と》び立《た》ったのです。王さまは、この小さな鳥が、なぜだか急にいとおしくなりました。そして気がつくと、夢中《むちゅう》で小鳥のあとを追っていました。小鳥は、少し飛んでは王さまが来るのを待ち、また少し飛んでは王さまが来るのを待っています。その小さな、胸《むね》の赤い鳥を見失《みうしな》うまいと、王さまはせっせと歩きつづけました。

家はしだいにまばらになり、荒《あ》れ地《ち》のむこうから、どおんどおんと波の音も聞こえてきました。空はどんどん暗くなり、いまにも雨がふりそうでした。

チイピリリ

とつぜん、小鳥のすがたが石がきのむこうに消えました。急いでそのあとを追うと、そこはみどりいっぱいの小さな庭です。庭のまんなかには一本の木があり、その木のかげに、貧《まず》しげな一けんの家がたっています。王さまは、魔法《まほう》が解《と》けたように立ちつくしました。小鳥のすがたはもうどこにもなく、風と海鳴りの音だけが、空をさみしく行き来していました。そしてその空から、大つぶの雨が落ちてきたのです。雨は、王さまのマントをぱらぱらと打ちつづけました。と、そのとき。

「おやまあ」

家の戸があいて、ひとりのおばあさんが顔を出しました。

「どなたか知らんが」と、おばあさんはいいました。

「すっかりぬれておいでじゃないか。さあさあ、こっちへお入んなさい」

おばあさんは大きな声で、いっしょうけんめい王さまをよんでいます。

「さあさあ、早く。ぐずぐずしてると、風邪《かぜ》をひくよ」

王さまは、しかたなく家に入っていきました。

なかでは、だんろがあかるく燃《も》えていました。

「マントはこっちへ。あんたは、だんろの前へ腰《こし》かけるといいよ」

王さまは、色あせたいすに腰かけました。こんなにボロボロのいすに腰かけたのは生まれて初《はじ》めてです。

「火をたいておいてよかったよ。夏でも雨の日は寒いからね」

おばあさんは、すばやく台所に行ってお茶をいれてきました。

王さまは、飲み口のかけたコップに、いっしゅんまゆをひそめましたが、思い切ってひと口飲みました。そのようすを、おばあさんはニコニコと見ています。あたたかいお茶と、やさしげなおばあさんに、王さまは、しだいに落ち着いた、静《しず》かな気持ちになってきました。

「おばあさんは、ひとりでおくらしかい？」

王さまは、ふとたずねてみました。

「ええ、むすこたちは遠いところにいますからね」

「だんなさんは？」

「じいさんかい？　じいさんは、天国で神さまとごいっしょだ」

王さまは、そこでまた、お茶をひと口飲みました。

「おいしいお茶だ」

半分つぶやきながら、王さまがそっとおばあさんの顔を見ると、おばあさんは、相手《あいて》がだれだか、まだ気づいていないようすです。

「ひとりでさみしくないかい？」

「さみしいもんですか。庭には、花も野菜《やさい》もたんとあるし、ときどき、あんたみたいな人が、道に迷《まよ》ってここへ来るからねえ」

窓《まど》の外では、雨がはげしくふりつづけています。その音にまじって、どおんどおんと海鳴りも聞こえてきます。

「ここは海が近いんだね」

「ええ、もうすぐそこです」

王さまは、しばらくだまって、そのどおんどおんという音を聞いていましたが、ふと、おばあさんを見てたずねたのです。

「この国の、王さまのことを知っているかい？」

「ええ、知ってますとも。お顔を見たことはないけれどね。粉《こな》やさとうを売りに来る人が、いろいろ話してくれるんでね」

「じゃあ、お妃《きさき》がなくなったことも？」

「ええ、ご病気だったってね。お若《わか》いのに、お気のどくなことだった」

「王さまが、別人《べつじん》のようになって、ひとりで街《まち》をさまよい歩くことは？」

「知ってるよ。無理《むり》もないこった。ご結婚《けっこん》されたばかりだろ」

「ふたりは、小さいころからのなかよしだった」

王さまは、ぼんやり話しつづけました。

「王宮には、思い出がいっぱいありすぎるんだよ」

「そうでしょうねえ」

おばあさんも、悲しそうにいいました。

「あたしも、娘《むすめ》をひとりなくしたけどね。まだ歩きはじめたばっかりのときだよ。あのときは、なにを見ても泣《な》いていたねえ」

「そうか」と、王さまは、少しやさしい目になっておばあさんを見ました。だんろでは、火が静《しず》かに燃《も》えつづけています。

「わたしも、大事な人をなくしてね」

王さまはゆっくりといいました。

「おや、奥《おく》さまですか。悲しいことの話しっこになってしまいましたねえ」

そういって、おばあさんがわらったので、王さまもつられて笑《え》みをうかべました。そして、なくなったお妃《きさき》のことを、もっと話したくなりました。

「かわいいけれど、いたずらが好《す》きな人だった。いつもわたしをおどろかしてばかり。帽子《ぼうし》のなかに、アヒルをかくしておいたりね」

「おやまあ」

おばあさんの目が、いっぺんにかがやきました。

「帽子《ぼうし》に足が生えて歩きだしたんだね。そりゃ、おもしろそうだ。ふたりでうんとわらっただろ」

王さまがうなずくと、おばあさんは「わらうのが一番の幸せさ」とつぶやきました。

と、窓《まど》の外がふいにあかるくなり、「チイピリリリ」という、するどい鳴き声がしました。

（さっきの鳥だ）

王さまは、思わず立ち上がって窓べにかけよりました。雲間から日がさして、庭は白く光っています。

「りんごの木で鳴いてるんだよ。このごろ来るようになってね」

うしろでおばあさんがいいました。王さまはみどりのこずえに目をこらしましたが、小鳥のすがたを見つけることはできませんでした。

「あたしの話し相手《あいて》さ。木の下から話しかけると、じっと聞いてくれるんだ。ちっちゃな頭をかたむけてね」

おばあさんのことばに、王さまは（ああ）と思いました。

（あの人も、そうだった。首をかたむけて、目を大きく開いて、わたしの話を聞いてくれた）

そしてとつぜん、「生まれかわったら小鳥になりたい」とお妃《きさき》がいっていたことを思いだしたのです。

「おばあさん」と、王さまは、庭に目をむけたまたずねました。

「なくなった人が、鳥になるってことはあるんだろうか」

するとおばあさんは答えました。

「魂《たましい》のきれいな人は、みんな小鳥になるんだよ」

王さまは、しばらくだまって窓《まど》の外を見つづけていました。そして、ゆっくりとふりかえっていいました。

「おばあさん、ときどきここに来て、話をしてもいいかい？」

「いいですとも」

おばあさんは、よろこんで答えました。


すっかり乾《かわ》いたマントを着て、王さまはげんかんに立ちました。

「おばあさん、なにか欲《ほ》しいものはないかね？」

さいごに王さまはそうたずねましたが、おばあさんはわらって首をふるだけでした。

「なんにもないよ。庭にゃ野菜《やさい》もあるし、漁師《りょうし》は魚をわけてくれる。ここでこんなふうに、ずっとくらせたら、それだけで十分さ」

王さまは深くうなずきました。そしておばあさんが、ここでこんなふうにくらしていけるように、できることはなんでもしようと思いました。

おばあさんに別《わか》れをつげて、王さまはもう一度、庭のりんごの木の下に立ちました。

チイピリリリリ

ふいに、みどりのこずえから、すべるように小鳥が飛《と》びだしました。そして、王さまの上で二、三度輪《わ》をえがいたあと、つばさを広げて空のむこうへ飛んでいきました。そのすがたを目で追って、王さまは小さく「あっ」とさけびました。

小鳥の飛び立った空には、大きな虹《にじ》が、絵のようにくっきりとかかっていたのです。王さまは、目をいっぱいに開いて虹をながめました。そしてさいごにこうつぶやきました。

「ああ、あなたはまた、わたしをおどろかしたね」

金の馬車とひばり

草はらのひばりが話しました。

ピルリルリ

昔わたしは、天の神さまの国に住んでいたのです。神さまの国には、六つの野はらと六つの森、十二の山と十二の谷、そしてたくさんの美しい村があるのでした。

わたしは見目うるわしい若者《わかもの》で、はるか遠くまでひびきわたる清《きよ》らかな声を持っていました。村娘《むらむすめ》たちは入れかわり立ちかわり、わたしのもとにやってきて、あの手この手でわたしの気をひこうとします。けれどもわたしは、風のように気まぐれで、どうじにたいへんなうぬぼれ屋でした。娘たちを心ない態度《たいど》であしらうばかりか、親兄弟の小言に耳をかさず、手のよごれる畑仕事をきらって、毎日ぶらぶら遊び歩いておりました。

ある朝わたしは、まだ暗いうちから目をさまし、天の野はらの岩の上で、ひとり気ままに歌っていました。すると、野はらのはしの一点が、ぎらりと白くかがやいて、その光が、だんだんこちらに近づいてくるのが見えました。

(あれは、うわさに聞いた金の馬車だ。十二の谷をめぐる神がここをお通りになるのだ)

わたしの胸《むね》は高鳴りました。十二の谷をめぐる神は、神のなかでも最《もっと》も位《くらい》の高い神、その金の馬車は、明けの野はらにあらわれて、天の国ばかりでなく、十二の谷の底《そこ》の世まで、あまねく照《て》らすというのです。

若《わか》いわたしは、まだ見ぬものへのあこがれと、神へのおそれにふるえながら、大急ぎで岩のうしろにかくれました。そして、遠いひづめの音、はるかな車輪《しゃりん》の音に、じっと耳をすましておりました。

やがて馬車は、野はらをきらめく金色に照らしながら近づいてきました。そのまぶしさに、わたしは思わず目をとじました。

ひづめの音は、しだいに大きくなってきます。その音が、もうすぐそこまで来たときです。ふいに、馬をとめる御者《ぎょしゃ》の、「どうどう」という声が聞こえました。どうじに馬のいななく声がして、それっきり、あたりはしんとなったのです。

そっと目をあけて、岩のむこうをのぞいてみると、六頭だての馬車が、金色の光を放ちながら、わたしのすぐ目の前で止まっています。馬のたてがみは燃《も》えさかる火のよう、車輪《しゃりん》は、すきとおったこはく色、御者のむちは、光るガラスの穂《ほ》のようです。

その美しさに見とれながらも、わたしの心は、急にそわそわと落ち着かなくなってきました。

（わたしの声、はるか遠くまでひびきわたる、水晶《すいしょう》のようなわたしの

声。その声をお聞きになったら、神はなんとおっしゃるだろうか）

そう思いはじめると、もういてもたってもいられません。気高い神の目にふれてはならぬという教えもわすれて、わたしはありったけの声で歌いだしました。高らかに、野はらの歌を歌いました。その声は、かがやく野はらをこえ、ふきわたる風にのり、どこまでもどこまでもひびいてゆきます。

「十二の谷をめぐり、空ゆく神はおよろこびだ」

とつぜん耳もとで、こんな声がして、わたしは雷《かみなり》に打たれたように立ち上がりました。おそるおそる岩のかげから出て、頭を低《ひく》くたれていると、ブンブンと羽音をたてて、さっきの声がいいました。

「十二の谷をめぐり、空ゆく神のお申しつけだ。なにか願《ねが》いのものをいうがいい」

よく見ると、わたしの耳もとで飛《と》んでいるのは、神の使い

のマルハナバチなのでした。わたしの胸《むね》は、どくどくと鳴りだしました。

（十二の谷をめぐる神は、わたしの歌をおよろこびくださった。ほうびに願《ねが》いのものをくださると）

思いがけない幸運に、わたしは舞《ま》い上《あ》がってしまいました。そして、からからにかわいた口を、小さくふるわせながらいったのです。

「なにも欲《ほ》しいものはございません。ただひとつ、お願いがございます。ほんのいっとき、金の馬車のお供《とも》をさせてくださいませ」

ああ、なんという大それた願いを、わたしは口にしてしまったのでしょう。神の馬車に乗りたいなどと、いったいだれが願うでしょうか。それでもわたしは見たかったのです。空ゆく馬車のゆく道を、この目でひと目見たかったのです。

わたしは、低《ひく》くたれた頭をますます低くして、だまって足もとをながめておりました。するとマルハナバチが、ブンブンと飛《と》びながら、腹立《はらだ》たしげにいいました。

「お前の願《ねが》いは聞きとどけられた。この先、十二の谷をわたるあいだ、お前は金の馬車に乗っていくのだ」

風がざあっとふきぬけて、草が白く波立ったかと思ったら、いつのまにかわたしは、馬車のうしろの小さな立ち台にいました。

「谷をわたるあいだ、決して下をのぞいてはいけない。十二の谷をめぐり、空ゆく神のおたっしだ」

マルハナバチはそういって飛びさり、御者《ぎょしゃ》のむちはピシリと鳴りました。六頭の馬は、ひづめを鳴らして草をけり、馬車はすべるように野はらのなかを走りだしました。わたしは、金の手すりをにぎりしめ、すぎていく草はらを、夢《ゆめ》のような気持ちでながめていました。

草のにおいにまじって、かすかな、ばらのような香《かお》りがします。風はつめたく心地《ここち》よく、馬車は金色の波を残《のこ》してかけていきます。ここから先はもう、だれも行ったことのない神の庭なのです。御者《ぎょしゃ》は、ひゅうひゅうむちを鳴らし、馬たちは飛《と》ぶような速さでかけました。

そうしてどれくらい行ったでしょう。するどい馬のいななきに、はっとからだをのりだして前を見ると、馬車の前方に、いちめんもやもやと霧《きり》がかかっているのでした。馬たちはもう一度、高くいないて霧のなかに飛びこみ、わたしはからだを返してまっすぐうしろを見ました。そして大きく目を見開きました。馬車のうしろに、みるみる遠ざかっていくのは、野はらのはしの、切り立った深いがけだったのです。馬たちは宙《ちゅう》をけり、馬車は霧の谷間を進んでいきます。

（すごいぞ）と、わたしは思いました。そして、谷底《たにそこ》のほうにのびかけた首を、あわててひっこめました。

――谷をわたるあいだ、決して下をのぞいてはいけない。

マルハナバチから聞いたのは、たしかにそんなことばです。わたしはむき直って、ぎゅっと手すりをにぎりしめました。

霧《きり》の谷は、はてしなくつづきます。かがやく馬車の光は、ほたるのようにぼんやり霧に反射《はんしゃ》して、そこらはうすあかるい色につつまれています。わたしはだんだんたいくつして、また下をのぞいてみたいという気持ちになりました。

(少しぐらいならいいだろう。ほんのいっしゅん見るだけなら)

そう思って、ほんの少し身をのりだし、わたしはあっと息をのみました。霧の晴れ間の谷底《たにそこ》に、広い地上世界があらわれたのです。それはいちめんの麦畑でした。畑のなかでは、麦を刈《か》っている人たちのすがたも見えます。ひとりが、ふいにこちらに気がついて、まぶしそうに手をかざしました。ほかの者たちも、麦《むぎ》わら帽《ぼう》の下の顔をこちらにむけ、うれしそうになにか話しています。

霧《きり》が流れて、麦畑は消えました。わたしは、はっとからだを起こし、目の前の霧をぼんやりながめました。馬車はたいへんな速さで進んでいます。谷はどこまでもつづいています。わたしはまた、下のほうをのぞいてみたくなりました。

（ほんの少しなら、わかりはしない。さっきだって、なんにも起こりはしなかった）

わたしは、ふたたび身をかがめて、霧のなかに目をこらしてみました。するとまた、霧がさっと晴れて、その下にたくさんの屋根が見えたのです。屋根は、馬車の光を受けてきらきらとかがやきながら、どこまでもどこまでもつづいています。屋根のあいだには、なん本もの細い通りと、せわしなく歩きまわっている人のすがたが見えます。こんなにたくさんの家を見たことのなかったわたしは、夢中《むちゅう》になってそのけしきをながめました。あまり身をのりだしたので、両足がすっかり床《ゆか》からはなれてしまうほどでした。

ところがそのけしきも、たちまち霧《きり》にかくされてしまったのです。わたしは、あわててからだを馬車に戻《もど》しました。そして考えました。

（いったい、なんのために、下をのぞいてはいけないというのだろう！）

麦畑、つらなる屋根、霧のむこうには、まだまだすばらしいけしきがあるにちがいありません。わたしは思い切って、今度はずっとだいたんに馬車の上から身をのりだしました。

すると、みどりにかがやく美しい谷間の村が、霧のなかからあらわれたのです。あのうとましい霧がそこだけ晴れて、谷間の村は、まるで丸い鏡《かがみ》のように光っていました。

（こんな美しいところは、天の国、神の国にもあっただろうか）

そんなことを考えながら見ていると、川岸の草はらで、なにかがちらちらゆれているのが見えました。羽根の髪《かみ》かざり、ビーズの首かざりを身につけた男たち、女たちが、輪《わ》になっておどっています。その歌声とたいこの音が、わたしのところまで、はっきりと聞こえてくるのでした。

タクタン　タンタラ
タクタン　タンタラ
走れ　走れ
金の馬車
光れ　光れ
六月の空

（なんて楽しい歌だろう。なんてすてきなおどりだろう）
わたしは、うれしくてまっすぐに彼《かれ》らのほうに手をさしのべました。

そしてさけびました。

「ほおい、金の馬車だ。金の馬車のお通りだぞ！」

そのときです。馬のいなき声とともに、馬車がぐらりとゆれました。わたしはあわててどこかにつかまろうとしたのですが、そのときはもう、わたしのからだは、こぼれ落ちる種《たね》のように馬車からはなれていました。耳もとを風がびゅうびゅう通りすぎ、ああもうだめだ、落ちていくのだと思いながら、いっしゅん、ふうっと目をとじたのです。

気がついたら、わたしは小さなひばりになっていました。空を見れば、神さまの金の馬車が、はるか遠くをわたっていくのが見えます。わたしは、空高く舞《ま》い上《あ》がってさけびました。

「おゆるしください、神さま。どうかわたしを、天の国へお戻《もど》しください」

けれども馬車は、ただ静《しず》かに天上を通りすぎてゆきます。わたしは、つかれはてて地に落ち、それでもあきらめきれずに、ふたたび舞《ま》い上《あ》がってさけびました。

「神さま、どうぞお聞きください。もう一度、わたしの歌をお聞きください」

わたしは、けんめいに歌いました。神さまの馬車が雲をぬけ、赤くそまった西の空に消えるまで、森や野はらが、さいごの青い光を失《うしな》うまで、力のかぎり歌いつづけました。

そして、いまでもわたしは歌っています。

ピルリルリ、ピルリルリと、空にむかって歌っているのです。

セーターと雪ぐつ

雪のふりつづく晩《ばん》でした。

おばあさんうさぎは、子うさぎたちのセーターをあんでいました。

窓《まど》の外はまっ暗です。

遠くで山は、ひゅうんひゅうんと鳴っています。

ぽっぽと燃《も》えるストーブのそばでは、兄さんうさぎと弟うさぎが、ぼんやり眠《ねむ》そうに火を見ています。

「お前たちは、もう寝《ね》ろ」

おばあさんが、セーターをあむ手を休めていいました。兄さんうさぎは、やっぱり眠そうな目で火を見ていましたが、ふと思いだしたように聞いたのです。

「おばあさん、どうして山は鳴ってるの？」

「どうしてかなあ」

おばあさんは、立ち上がってストーブのやかんに手をかけました。

「山も寒くて泣《な》いてるんだか」

「ぼくたちは、あったかくていいねえ」

弟うさぎが、ストーブの窓《まど》に顔をひっつけるみたいにしていいました。おばあさんはやかんの湯を、ふたつの湯たんぽにそそいでいます。

兄さんうさぎは、また聞きました。

「ねえ、あした、雪がやんだら遊びに行ってもいい？」

おばあさんは、少しわらって静《しず》かに首をふりました。

「いやいや、お前たちの足なんか、すっぽりうもれてどこへも行かれないよ。も少ししたら、かた雪になるから、それまで待っといで」

「も少しって、どれくらい？」

「そうだなあ。お日さまがあったかくなって、また寒くなって……」

「早く〝かた雪〟になったらいいなあ」

「うん。お前たちのセーターも、もうすぐできるから、そのあとじょうぶな雪ぐつをあんでやるよ。さあ、湯たんぽを持っておふとんにお入り」

子うさぎたちは、キルトのふくろに入った、あったかい湯たんぽをもらいました。そして、はねるように寝《ね》どこのほうへかけていきました。


それから、しばらくあとのことです。

晴れわたった空の下、あみたての白いセーターに雪ぐつをはいて、子うさぎたちは雪の野はらに飛《と》びだしました。

かたくこおった雪は、ふめばサクサクと音をたて、もうどこまでも歩いていけそうです。

「わあい、わあい、おもしろいな」

ふたりは、小さな足あとを残《のこ》しながら、どんどん歩いていきました。

白い野はらはきらきら光って、まるで粉《こな》ざとうをまぶしたようです。

お日さまは、青い空でまぶしい光の輪《わ》を作っています。

丘《おか》を登って、また下り、一本の大きなかばの木の下に来たとき、子うさぎたちは、知らないだれかの足あとを見つけました。それはかばの木の下を通って、ずっと林のほうへつづいています。

「だれだろう」

「ぼくたちみたいな子どもかな」

「でも、ちょっとおっきいよ」

ふたりは、足あとを追いかけていくことにしました。

ところが足あとは、林に入ったとたん、ぐるぐる回ったりむきをかえたりして、しまいにはどっちへ行っているのかわからなくなったのです。

「こっちへ行ってるみたい」

「いや、これは来たほうだよ」

ふたりは、そんなことをいいあいながら、同じところを行ったり来たり、とうとう自分たちが来た方向さえわからなくなってしまいました。

まわりは足あとだらけで、そのひとつをたどっても、またもとのところに戻《もど》ってきてしまうのです。

「こまったなあ」

兄さんうさぎが、ぺたんと耳をたれていいました。

「帰れないの？」

弟うさぎが、たよりない声で聞きました。

「うん。ぼくたち、あんまり遠くへ来すぎたみたい」

兄さんうさぎが、少し泣《な》きそうな顔でうつむいたときです。

「君たち、まいごになったのかい？」

とつぜん、うしろで声がしました。ふりむくと、とがった顔のおじさんがステッキを持って立っています。その口はニヤリとわらっていて、ふちも黒くてなんだかこわいようでした。兄さんうさぎがうなずくと、おじさんはへんにやさしい声でいいました。

「どこの子だろう。遠くから来たみたいだけど、ちょっとおじさんのうちに来るかい？」

兄さんうさぎが返事にこまっていると、おじさんは「さあさあ」とふたりを追い立てるように歩きだしました。

「うちでゆっくり休んでから、帰りの道をさがしてあげよう」

そういいながらおじさんが、くるりと黄色いしっぽをふったので、兄さんうさぎはドキリとしました。あの長いしっぽは、たしかにきつねだと思ったのです。

（きつね、きつね）

兄さんうさぎは急いで考えました。きつねには気をつけろと、いつかおばあさんにいわれたような気がします。

「君たち、いい雪ぐつをはいているねえ」

おじさんは、子うさぎたちを歩かせながら、じろじろとふたりのすがたを見ています。

「それにふたりとも、いいセーターを着てる。あったかそうだねえ」

兄さんうさぎは、弟うさぎの手をそっとにぎって考えました。

（どうしよう。にげだしちゃおうか。でも、ぼくひとりだったらいいけど）

「おじさんはセーターは着ないけど、毛皮のチョッキが好《す》きなんだ」

しっぽのおじさんが、半分ひとりごとみたいにいうのを聞きながら、兄さんうさぎはまた考えました。

（でもひょっとして、この人は、ほんとにぼくたちを助けてくれるのかもしれない）

兄さんうさぎは、そっとおじさんの顔を見ようとしました。

そのときです。

「さあ、着いた。おじさんのうちだよ」

おじさんがステッキをふりあげた先には、どっさり雪をかぶって、きのこのように見える家がたっていました。屋根からは、茶色いえんとつが出ていましたし、正面には古い木のとびらもありました。そのとびらを開いて、おじさんは押《お》しこめるようにふたりを家に入れました。

なかは暗くて、かびのような、いやなにおいがします。

「いま火をたいて、お茶をいれてあげるから。お鍋《なべ》はどこだったかな。そうだ、外だ、外にある」

「ぼくたち、手伝《てつだ》います」

兄さんうさぎがいうと、おじさんは黒いひげをひっぱって、ふふんとわらいました。

「気をつかわなくていいんだよ。おじさんが全部やるからね。君たちは、そこで座《すわ》って休んでなさい」

そういって、おじさんは長いしっぽをひるがえして外に出ていきました。

子うさぎたちは、顔を見合わせました。

「兄ちゃん、あのおじさん、なんだかへんだね」

「うん、ほんとにお茶をいれてくれるのかな」

ふたりは、少しあいていた戸のすきまから、そっと表をのぞいてみました。するとおじさんは、大きな鍋《なべ》をつるした下に、せっせとたき木をつんでいます。

「あんな大きな鍋でお茶をわかすの？」

「やかんを持ってないのかな」

そのとき子うさぎたちに、こんな鼻歌が聞こえてきたのです。

うさぎ　うさぎ

きつねは　大好《だいす》き
うさぎの　毛皮
お湯を　わかして
どぼん　つるんと
皮は　いただき
チョッキと　手ぶくろ

「たいへんだ！」

兄さんうさぎのふたつの耳が、ぴんと立ち上がりました。

「やっぱりきつねだ。きつねのおじさんが、ぼくたちをお湯にほうりこんで、つるんと皮をむこうとしてるんだ」

「兄ちゃん」

弟うさぎが、兄さんのセーターをぎゅっとつかみました。

「にげなくちゃ」

急いで家のなかを見わたしましたが、きつねの出ていった戸口以外《いがい》、どこにもにげだせそうなところはありません。

「あっ、あそこ」

とっさに兄さんうさぎが、すすけただんろを指さしました。だんろのなかには、鉄のはしごがかかっています。

「あそこ、登っていけるよ。急ごう」

兄さんうさぎは、ぴょこんとだんろにもぐりました。弟うさぎもそれにつづき、ふたりは、上手にはしごを登っていきました。まもなく、兄さんうさぎの小さな頭がえんとつの先から飛《と》びだしました。

見ると、きつねの起こした火がすぐ下で細いけむりをあげています。むこうはまばらな林で、その奥《おく》には、ちらりと白い野はらが見えます。

兄さんうさぎは、また頭をひっこめました。

「こっそり、うらのほうにすべっておりるよ。地面は雪がつもってるからだいじょうぶ。すべり台みたいにお尻《しり》ですべるんだ」

「うん」

ところが、ふたりが屋根に飛《と》びおりたとき。こんもりつもった雪が、ズズズと音をたてて、きつねのいるほうへすべりだしたのです。雪は子うさぎたちをのせたまま、あっというまに落ちていきます。

「わあっ」

どおんと大きな音をたて、雪は地面に落ちました。子うさぎたちは泳ぐように雪から飛びだしました。

ふりかえると、きつねが火をたいていたところに、雪の山ができています。そしてそのむこうから、きつねのおじさんの声がするのです。

「ちくしょう、しっぽをはさまれたあ」

子うさぎたちは、顔を見合わせました。

「ちくしょう、動けない。もう少しでうさぎの皮が手に入ったのに。ひょっとして、気づかれたのか。おい、どこにいる?」

ふたりは、もう一度顔を見合わせました。そして次のしゅんかんには、雪をけってかけだしていました。

「おーい、いるのか? 返事をせんかぁ」

うしろで、おこったようなきつねの声がします。

「うさぎどもめ、うまくにげやがったな」

きつねの声は、だんだん遠くなっていきます。

ふたりは林のなかを、かけてかけて、かけつづけました。雪の上には、青い木の影《かげ》が、しまもように並《なら》んでいます。その上を、子うさぎたちは転がるようにかけていきました。

＊　＊　＊

きつね　きつね

きつねのおじさん　しっぽをはさまれたあ

やがて目の前が、ぱっとあかるくなって、鏡《かがみ》のような白い野はらがあらわれました。

「さっきの木があるよ!」

弟うさぎがさけびました。

「うん、あの木だ」

ふたりは、まっ青な空の下に飛《と》びだしました。雪はサクサク音をたてます。お日さまは銀色に光っています。大きなかばの木の下まで来ると、ふたりはそのむこうの丘《おか》に、ぽっぽとつづくふたつの足あとを見つけました。

「ぼくたちの足あとだ!」

「うん、おうちはあっちだ。もうだいじょうぶ」

それからふたりは、自分たちの足あとをたどって、おばあさんのいる家に帰ったのです。

うちに着いたとき、新しい白いセーターは、えんとつのすすによごれて、すっかりまだらのもようでした。

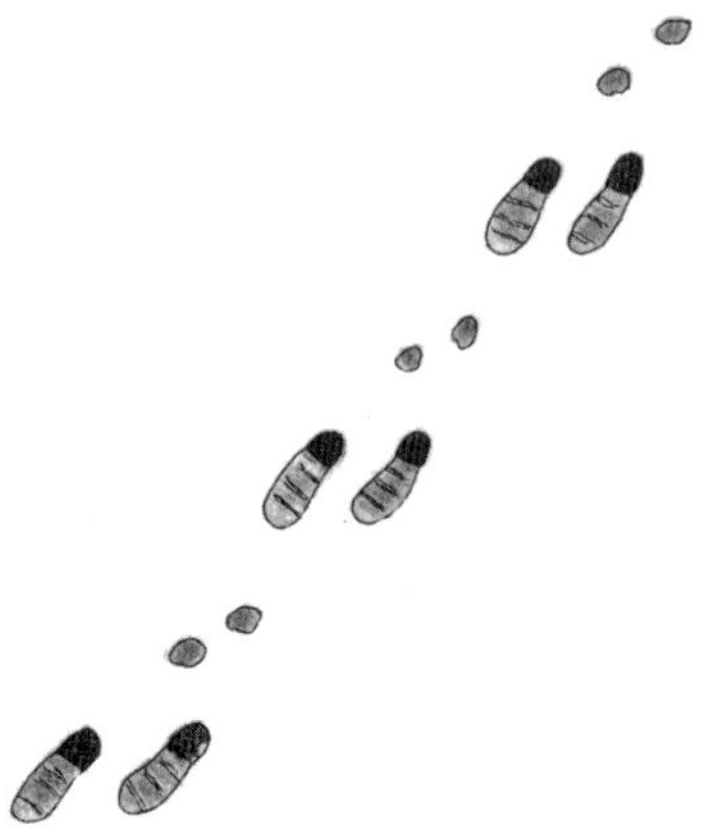

かつらの木と星の夜

草地のはずれに、一本の大きなかつらの木が立っていました。北側《きたがわ》の幹《みき》は、てっぺんが割《わ》れて半分しかありませんでしたし、枝《えだ》はみんな、東にむかって、ひょろりと長くのびていました。冬のあいだふきつける風と雪、そうしていつかのひどい雷《かみなり》が、かつらの木をこんな形にしたのです。

そこらは、いちめんのかやの原で、ききょうや野ぎくが咲《さ》くほかは、なんにもないさみしいところだったのですが、思いだしたように鳥やけものたちがやってきました。かつらの木は、そんなお客たちの話を聞くのが好《す》きでした。

とりわけきつねは、ここなん年か、ずっとかつらの木と親しくしていました。親しくしているといっても、しゃべるのはいつもきつねのほうで、かつらの木は、ただだまって、きつねの話を聞いているだけなのです。

その日も、きつねはふきげんそうに口をまげ、西のほうからぶらりとやってきました。そして、かつらの木の下で、太いしっぽをくるりとまるめて、かわいた落ち葉の上にお尻《しり》をのせました。

「ああ、つまらねぇ。つまらねぇことばっかりだ。このごろは」

きつねが、低《ひく》い声でいいました。

「うさぎにはにげられる。犬どもには追いかけられる。腹《はら》はすくし、ねずみ一匹《ぴき》つかまらねえし。もうすぐ冬が来るっていうのにな」

きつねはそこで、コホンコホンとかわいたせきをしました。

かつらの木は、だまってじっと、毛なみの悪い、やせぎつねの背《せ》なかを見おろしました。その毛はうすよごれた土色で、目ばかりが、ぎろぎろと金色に光っていたのです。

「おれにくらべたら熊《くま》なんかは、ずいぶんのんきなもんだ。ぶなの実だの栗《くり》だのをたらふく食って、春まで寝《ね》てればいいんだからな。氷みてえな風がふきぬけるあいだも、つめたい雪がふりつづけるあいだも、おれは腹《はら》をすかしてえものをさがしまわる……」

きつねはそこでまた、コホンとせきをひとつしました。

「ほんとうに、もうすぐ冬だ」

かつらの木も、そっと遠くに目をやりながらつぶやきました。つもった落ち葉は、風にふかれてしだいにまばらになり、遠くの山なみは、ひっそりと灰色《はいいろ》に光っています。

「ああ、それにしても腹がへった。むこうのやまなしは、もう実を落としたかな」

「やまなしなら、とっくに」と、いいかけて、かつらの木は、はっとことばをのみました。きつねがまたコホンコホンとせきをして、影《かげ》のようにふらりと立ち上がったからです。

「また来るよ」

きつねはぶっきらぼうにいい残《のこ》して、えのころ草《ぐさ》のむこうへと消えていきました。

風がふいて、さいごに残った葉の一まいが、枝《えだ》からはらりと落ちました。

それからなん日かあとのこと。

おしゃべりなコガラたちが、かつらの木のこずえにやってきました。

「チィチィ、からまつ沢《さわ》のツツドリの子は、からす瓜《うり》の実みたいにまっ赤だそうだ。かわいそうに。かぁわいそうに」

「チィチィ、三角沼《さんかくぬま》のとちの木は、このあいだの風で、枝を一本、持ってかれたそうだ。かわいそうに。かぁわいそうに」

コガラたちは、おしゃべりのあいまに、せわしなく飛《と》びまわって、幹《みき》をつついたり虫を食べたりしました。かつらの木は、元気な鳥たちといっしょにいるのがたいへん楽しかったのですが、おしゃべりのほうは、ときどき少し、聞き苦しく思うことがありました。コガラたちは、だれかのことをとやかくいうのがなによりも好《す》きだったのです。赤沼《あかぬま》のカワセミの奥《おく》さんは気どり屋で、沼にうつった自分のすがたにいちいち見とれているんだとか、一本杉《いっぽんすぎ》のオオタカはのろまで、えさもろくにとれないだめなやつだとか、とにかく鳥たちは、一日そんなうわさをしていたのです。

その日もコガラのむれは、かつらの木の枝《えだ》にとまって、どこかの気のいい熊《くま》の話をしていました。

「チィチィ、あいつはまた、去年の巣穴《すあな》を友だちにゆずったんだよ」

「この前は、はちの巣だって横どりされてさ」

「チィチィ、ばかな熊だね」

かつらの木は、聞くともなしにコガラたちの話を聞いていましたが、ふと、一番はしっこの、小さくて尾《お》っぽの短い鳥だけが、ひとり、みんなとようすがちがうのに気がついたのです。地面に舞《ま》いおりて、落ち葉の下の虫をさがすときも、ふたたび枝《えだ》に飛《と》び上《あ》がっておしゃべりをはじめるときも、その鳥だけが、いつも少しおくれるのでした。そしてそのたびに、となりの一羽《わ》が、そいつの頭をツンツンとつつくのです。ときには、一番大きな鳥が、じろりとそいつをにらんで、「チイチイチイ」と鳴くこともありました。

かつらの木は、だんだんそれががまんできなくなってきました。そしてとうとう、大声でいったのです。

「そいつの頭をつつくのはよくないよ」

するとみんなは一度にしんとして、それからいっせいに「チイチイチイ」と鳴きました。

「うるさいかつらの木」

「はげ頭のかつらの木」

コガラたちは、口ぐちにいいながら飛《と》んでいきました。さいごに残《のこ》ったあの一羽《わ》が、こまったように首をかしげ、しばらく下をむいていましたが、やがてみんなのあとを追って、ついとつばさを広げました。

そのうしろすがたを見送りながら、かつらの木は、小さなため息をついたのです。


それからまもなく冬が来ました。かれ草の野はらは、まっ白な雪野はらにかわり、その上を風が、くるくるとせわしなくかけまわりました。

そのさみしく悲しい歌声を聞きながら、かつらの木は、一日のほとんどを眠《ねむ》ってすごしました。お日さまの光は遠く、空も林も、みんなつめたい氷の底《そこ》です。

雪は、来る日も来る日もふりつづけました。

もうだれも、かつらの木をおとずれる者はありません。

そんなある晩《ばん》のこと。あたりの静《しず》けさに、かつらの木はふと目をさまして、目の前をぼんやりとながめました。雪はやんで、野はらはしんとつめたく光っています。むこうのなら林は、一列の黒い影《かげ》で、その上には、たくさんのあかるい星がまたたいています。

かつらの木は、急いで空を見上げました。そして、「あっ」と声をあげました。空は、くだけた真珠《しんじゅ》の粉《こな》をまぶしたよう、大きな星のむこうには小さな星があり、数えきれない星くずが、ちかちか、ちかちか、またたいていたのです。それはまるで、星たちのせわしないおしゃべりのようでした。

(ああ、星たちのことばがわかればなあ)

かつらの木は、うっとりと空を見ながら思いました。そして、ふしぎなことに気がつきました。星を見ている自分のからだが、だんだんと空にうかび上がっていくのです。

星たちは、もう、すぐ近くにいました。きちんと並《なら》んだ三つ星も、赤いひとつ星も、かつらの木のすぐそばでかがやいています。そして星たちは、かつらの木にそっとささやきかけました。

「わたしたちのところへ来たんだね」

「お前の話をしに来たんだね」

かつらの木は、びっくりして星たちを見まわしました。

「わたしの話？」

「そうだよ」と、赤いひとつ星が答えました。

「今夜は、お前がわたしたちのお客さんだから」

「お客さん……」

かつらの木は、とまどったように口ごもりました。地上では、いつもだれかがやってくるのを待つばかりでしたから。

「さあ、話してごらん。お前の話を」

「わたしの話……」

かつらの木は、いよいよこまって口ごもりました。すると、三つ星たちがいったのです。

「たとえばね、お前さんが小さかったころのこと」

「空が、どんなふうに見えたかということ」

「毎日が、どんなに楽しかったかということ」

かつらの木は、あたりにぼんやり目をやりました。

「小さかったころのこと……」

とたんにかつらの木の胸《むね》に、遠い昔がよみがえってきました。それはあかるい春の森で、ぽつんと芽《め》を出したばかりのかつらの木は、のびあがるようにして、草のあいだの小さな空をながめていたのです。

「わたしがまだ、小さかったころ……。森のなかには、土のにおいと、お日さまの光がいっぱいだったんです」

星たちは、いっせいに耳をかたむけました。

「わたしはまだ、ひょろりと小さな子どもでした。まわりには、わたしよりもっと背《せ》の高い、シダやスゲたちがいましたし、空はそのシダの肩《かた》ごしに、ほんの小さく見えたくらいなんです。

わたしは、いまにうんと大きくなって、広い世界を見てやると思っていました。けれども、そんなわたしを、おどかしたりわらったりするやつらがいたんです」

「それは、だれ？」

星のひとつがたずねました。

「ありなんかは、大きなあごを動かしながら、いつもわたしのまわりをいばって歩いていました。そしていいました。

『やい、ちびっこ。おれの通り道に根をはりやがって。いまにその足をちょん切ってやるからそう思え』

わたしは、こわくてふるえあがりました。そして、毎日毎日、どうか、ありがここを通りませんように、と祈《いの》っていたんです」

かつらの木の話に、まわりの星たちはわらいました。かつらの木は、だんだん話すのが楽しくなってきました。

「それから、茶色い頭のきのこは、いつもわたしのことをからかっていました。『おい、そこの若《わか》いの。ぼやぼやしてると、熊《くま》のおやじにふんづけられるぞ』って」

星たちは、またわらいました。

「それから、それから」と、かつらの木は話しました。

「ある日のことです。空は青くかがやいて、お日さまの光は、やさしく、あたたかく、わたしのからだにふりそそいでいました。それがあん

まり心地《ここち》よくて、わたしは、うとうといねむりをしていました。

と、『ぴいぴい、とんとん』と、おかしな声が、風にのって聞こえてきます。あわてて目をあけると、丸く黄色い者たちが、『ぴいぴい、とんとん』と歌いながら、にぎやかに空を飛《と》んでくるのです。

それは、若《わか》いみつばちのむれでした。

みつばちたちは、わたしの頭の上まで来ると、そこらをぐるりと飛びまわって、どんぐりのたいこといっしょに歌いだしました。

ぴいぴい　とんとん
お日さま　とんとん
白い花っこ　きんきらら
やなぎの　葉っぱも
きんきらら

そのへんな歌を聞くと、にりん草《そう》やいちりん草《そう》や、まわりの白い花たちは、一度に頭をふってわらいました。

『さあ、いっしょに歌いましょう。きょうはお日さまのお祭りです』

先頭のみつばちが花たちにいいましたが、にりん草もいちりん草も、みんなわらいたいのをこらえて、ぷるぷるふるえているだけです。

それでも花たちはうれしそうでした。なぜなら、まっ青な空の下、お日さまの光は、すきとおったまぶしい光で、みんなの顔をきらきら照《て》らしていたからです。みつばちたちは、そこらを飛《と》びまわって、草たちに声をかけました。

『そこのお若《わか》い方も、どうぞいっしょに』

ふいに声をかけられて、わたしはびっくりして、思わず下をむいてしまいました。

どんぐりのたいこが一度にとんと鳴り、みつばちたちは、また歌いだしました。

ぴぃぴぃ　とんとん
お日さま　とんとん
白い花っこ　きんきらら

歌のあいだじゅう、わたしはずっと下をむいていました。花たちが、わたしのことをわらっているのではないか、さっきのみつばちが、わたしを見ているのではないか、そんなことばかり考えて、気が気ではないのでした。

『やい、はちども、商売はどうした。花を見たら、せっせとみつを集めるんだな』

背《せ》の高いシダが、大声でからかうのが聞こえてきます。みつばちたちは、かまわず歌いつづけました。そして歌い終わると、また『ぴぃぴぃ、とんとん』と、一列になって、むこうのほうへ飛《と》んでいきました。『きょうはお日さまのお祭りです。きょうはお日さまのお祭りです』――あの声を、いまでもわたしはおぼえています。それから、雪のように白い花たちのこと、そのむこうに見えた空のこと。あたたかな土のにおい、お日さまの光……」

そこまで話して、かつらの木は小さく息をつきました。

「あれから冬が来て、また春が来て……。わたしの背《せ》たけは、どんどん大きくなりました。ありよりも、きのこよりも、ずっとずっと大きくなって、いまにも空にとどきそうでした。そしてほんとうにそう思ったのです。自分は空までとどく木になるんだと。でも……」

かつらの木のことばは、そこで苦しそうにとぎれました。

「あの夏、雷《かみなり》に打たれ……。ええ、そうです。雷に打たれ、長いこと気を失《うしな》ってから、わたしはすっかりかわってしまったんです。もう空にとどこうなんて思いもしませんでしたし、なにより、みんなにわらわれるような、おかしな形になってしまったんです。わたしはおくびょうになり、そしてひとりぼっちで……」

「悲しむことはないよ」

星のひとつがいいました。

「そうだよ。あなたはだれよりもきれいな心を持っている」

流れ星が、ひとつ、ふたつと、きらめきながら流れていきます。

星たちは、ちかちか、ちかちかと、せわしなくまたたいて、そのやさしい光でかつらの木をつつみこみました。

「おやすみ」

「おやすみ」

そんな声が、空のあちらこちらから聞こえてきます。

かつらの木はそっと目をとじて、さいごに小さく「おやすみ」とつぶやきました。

「おやすみ」

「おやすみ」

三つ星たちも、赤いひとつ星も、みんなかつらの木をかこむように燃《も》えつづけました。その静《しず》かな光に守られて、かつらの木の心は地上に戻《もど》り、そしてふたたび眠《ねむ》りについたのです。

しんしんと、つめたくこおる夜でした。

雪原は星あかりにかがやき、その上を一匹《ぴき》のきつねがわたっていきました。

山はさえざえと空にうかび、そこらはまるで、一まいの青い写真のようでした。

「すみれの指の魔法」「リルムラルム」「王さまと虹」「セーターと雪ぐつ」は書き下ろしです。「さんごいろの雲」「金の馬車とひばり」「かつらの木と星の夜」はそれぞれ「飛ぶ教室」第40号（2015年 冬）、「びわの実ノート」第30号、「びわの実ノート」第31号に掲載されたお話を加筆・修正したものです。

わくわくライブラリー
さんごいろの雲《くも》
2024年2月27日　第1刷発行

作　やえがしなおこ
絵　出口春菜《でぐちはるな》
装　丁　岡本歌織（next door design）
発行者　森田浩章
発行所　株式会社 講談社
〒112-8001 東京都文京区音羽2-12-21
編集 03(5395)3535　販売 03(5395)3625　業務 03(5395)3615

KODANSHA

印刷所　株式会社 精興社
製本所　島田製本株式会社
本文データ制作　講談社デジタル製作

N.D.C.913　127p　21cm

ISBN978-4-06-534441-5